POÈME INÉDIT

SUR LE BONHEUR.

PRÉFACE.

Chacun cherche le bonheur sur la terre; on le désire vivement, on le poursuit sans pouvoir l'atteindre, parce que l'on ne monte jamais jusqu'à sa source. Le bonheur souverain est le seul véritable. Quelle est notre origine? Quelle sera notre destinée ? Ces deux réflexions forment toute la science du salut, font l'occupation de l'homme sage, la joie du Chrétien et l'espérance du malheur.

Dans cet extrait que j'offre au Public d'un POÈME INÉDIT, en six chants , je réfute les PARALOGISMES DES ATHÉES, DES MATÉRIALISTES, DES DÉISTES, DES POLITHÉISTES; je prouve l'existence, l'asséité et l'indépendance du Dieu des Chrétiens, par toutes les ressources de la morale, toutes les certitudes de la méthaphysique, et les phénomènes physiques et chimiques; j'expose d'une manière convaincante, l'immortalité de l'âme de l'homme, sa destinée future, ses fins dernières.

Ce petit Poème peut servir à conduire la jeunesse dans les voies du salut; à diriger l'âge mûr, à soutenir la vieillesse; à consoler l'homme, à l'heure de la mort, dans l'espérance de trouver, dans une autre vie, un bonheur impérissable, souverain et immuable.

CHANT PREMIER.

Dans ce chant, je parle sur Dieu, sur le Libre-Arbitre.
sur la vérité du Christianisme, sur l'amour de Dieu
et du prochain.

DIEU.

Je chante l'Éternel connu par ses ouvrages,
Cet être indépendant, seul espoir des vrais sages,
Ce dieu, premier principe en tous lieux adoré,
Du sincère chrétien, jour et nuit admiré;
Ce Dieu, ce créateur immuable, impassible,
Agissant sur nos âmes, à nos yeux invisible;
Il est, pour le bonheur des humains, ses enfans,
Le protecteur des bons, le fléau des méchans.
» Je suis celui qui suis, a dit l'éternel Être,
» Infiniment parfait, seul, je puis tout connaître;
» Je signale mes pas par mes nombreux bienfaits. .
» La justice est ma règle; elle porte mes traits;
» Je féconde les bois, les ondes et les plaines,
» J'unis tous les humains par de charmantes chaînes;
» Seul vrai, dans l'univers, seul grand, seul tout-puissant,
» Incréé, créateur, je suis indépendant;
» Source de la bonté, juste, immense, immuable,
» Magnifique, absolu, patient, redoutable;
» Par moi je fus, je suis, je serai toujours.
» O mortels! vous serez l'objet de mes amours;
» Je vous fis immortels : votre âme est mon image;
» Cultivez votre esprit, faites-en bon usage;
» Commandez ici bas : avez-vous des rivaux?
» Tout est fait pour servir, au ciel et dans les eaux.

» Si la paisible nuit a déployé ses voiles,
» C'est moi qui luis aux cieux, sur le front des étoiles. »
   Répands, ô Créateur, l'agrément dans mes vers,
Déroule à mes regards ce charmant univers.
Tout passe devant toi; tout naît, tout vieillit, tout expire;
Toi seul est éternel, l'espace est ton empire.
Au milieu des débris des peuples renversés,
Sur le front des chrétiens tes bienfaits sont tracés;
L'aurore et le couchant, tout est plein de ta gloire,
Le midi dit au nord d'adorer et de croire.
Être immense, infini, Dieu sanctificateur,
Qui dois tous nous juger; immortel Créateur,
Seul être indéfini, seul sage par essence,
Qui glace le méchant, anime l'innocence,
Qui console le juste au milieu du danger,
Tourment du libertin qui voudrait t'outrager,
Qu'un rayon de ta grâce, en ornant ma mémoire,
Me trace dans ces chants le chemin de ta gloire....

LIBRE-ARBITRE; SON AFFAIBLISSEMENT.

   J'aperçois ici bas et du bien et du mal;
La souffrance se glisse au physique, au moral;
La débauche et les jeux hier faisaient nos charmes;
Désormais ils seront l'objet de nos alarmes.
Dans de mortels flatteurs je voyais des amis;
Non; ce sont des ingrats, de cruels ennemis.
Pères, vous l'éprouvez, dans des enfans rebelles!
Riches, dans vos parents, vos vassaux infidèles!
Mondains, vous gémissez au milieu des plaisirs,
Rien ne peut arrêter vos penchans, vos désirs,
Le mérite avili n'obtiendra point justice,
L'orgueil a distillé contre lui l'artifice.

Est-ce là le repos ? est-ce là le bonheur ?
Oh non !.... Le moindre souffle en trouble la douceur !
Dieu seul, par ses bienfaits, excite mon courage,
M'anime à rechercher un bonheur sans partage.

CHRÉTIEN, SA CROYANCE.

La foi montre au chrétien fidèle, humble, innocent,
L'existence d'un Dieu, d'un être tout puissant,
Incréé, créateur, d'une essence éternelle.
Conservateur de tout, substance incorporelle :
C'est le premier principe et la dernière fin ;
Tout se rapporte à lui, le prend pour souverain ;
Parfait dans sa nature, en essence il diffère,
Du mélange grossier de l'inerte matière,
Tout existe par lui, reconnaît son pouvoir :
Au ciel et sur la terre, on peut l'apercevoir,
Fécond dans ses moyens, il est impérissable,
Et le simple élément à lui n'est point semblable.
Le matérialiste en vain veut nier Dieu,
Il le trouve en son cœur, il le trouve en tout lieu.
En suivant la raison, cette loi naturelle
Frappe tous les humains, en eux tous étincelle ;
Mais si la main d'un Dieu ne règle l'univers,
Cette loi n'est plus rien aux yeux de tout pervers.
En vain, pour étouffer l'habitude du crime,
Méconnaît-on l'effet de ce langage intime.
La raison parle au cœur, pénètre mon esprit,
Et soudain j'aperçois l'erreur qui m'a séduit.
Heureux est le mortel qui sensément raisonne,
Que Dieu, pour ses vertus, avec plaisir couronne !...
Les feux du firmament et ses vives couleurs
Ne frapperont-ils point nos esprits et nos cœurs ?....

Reconnaissons ce Dieu que le chrétien adore .
Que la terre révère et que mon cœur honore !.,..
Qui promet dans le ciel un bonheur souverain ,
Qui m'anime au travail, me conduit par la main !
C'est cet être éternel dont la bonté féconde
D'un seul mot a créé les cieux, la terre et l'onde.
Nos esprits et nos sens, ravis par ses bienfaits,
En tout temps de ses dons ressentent les effets ;
Il offre à nos besoins les animaux , les plantes,
Fait jaillir , sous nos pas , des sources abondantes,
Pourrait-on calculer les astres dans les cieux ?...
Que ses nouveaux bienfaits seront plus merveilleux !...
  Mon Dieu , que ton pouvoir est grand dans la nature !
Du néant , à ta voix , sortit la créature,
L'ordre soudain naquit du choc des élémens ,
La terre se soutint dans l'air , sans fondemens.
Tu dis , et sur la mer s'appaisent les tempêtes ,
Ou la faulx de la mort va moissonner nos têtes.
Source de la justice, éternel protecteur ,
Des mortels , tes enfans , sois le conservateur;
En traits de feu, ton nom gravé dans les campagnes
Est répété soudain par l'écho des montagnes.
Oserai-je pécher ?.... De l'aurore au couchant
Et du nord au midi, je te vois tout-puissant.
Tu donnas aux mortels, pour être leur lumière ,
Le flambeau de la foi qui toujours les éclaire.
Nos champs sont émaillés par des milliers de fleurs
Qui promettent bientôt des fruits réparateurs;
Tu donnas dans le temps la pluie et la rosée ;
Tu ménages l'engrais dans la neige entassée.
Tel on voit le soleil , parcourant l'univers,
Conserver , animer tous les êtres divers.
Longtemps cet astre fut l'objet d'idolâtrie.

J'adore ton saint nom : je t'implore et te prie.

Insensible aux honneurs, insensible aux tourmens,

Je vois, sans en frémir, changer le firmament.

Souvent je réfléchis sur ta rare clémence,

Sur tes soins assidus et sur ta providence.

Tu promènes partout la joie et les plaisirs;

Tant de nombreux bienfaits contentent mes désirs.

Tel paraît dans le ciel le groupe des étoiles,

Alors que de la nuit la lune ôte les voiles.

Souvent la gloire attache à son char éclatant

Et noble et roturier pris indifféremment.

Il faut, pour être heureux, une fortune honnête,

De fidèles amis, une santé parfaite.

Renfermez dans un vase une bonne liqueur,

Elle garde longtemps son parfum, son odeur.

Domptons notre courroux et qu'il soit à la chaîne :

Se venger est d'un lâche; étouffons notre haine.

Fuyons la volupté, source de nos tourmens,

Elle corrompt l'esprit, elle ulcère les sens.

Mais si la nuit, enfin, jette ses sombres voiles,

Admirons à loisir la lune et les étoiles.

Soleil, qui t'a donné de régler par ton cours

L'obscurité des nuits, la lumière des jours ?....

Près de nous, sous nos pas, devant nous, sur nos têtes,

Des richesses sans nombre à nos besoins sont prêtes;

Un Dieu par sa bonté dirige les saisons,

Pour préparer nos champs, pour mûrir nos moissons.

Le globe, les mortels, le système solaire

Ne sont là que les jeux du Dieu que je révère.

Je brûle de le voir dans toute sa splendeur :

D'y penser je jouis, quel plaisir pour mon cœur !

En effet la vertu n'est pas une imposture ;

Le chrétien la chérit, c'est la loi de nature.

Que le chimiste explique un météore aqueux ,
Un météore en l'air , ou bien un lumineux ?
Je vois là des effets , la cause secondaire ;
Mais pourrai-je oublier cette cause première ,
Cet être essentiel , l'être partout présent ,
L'être seul souverain , par lui-même existant ?
Un ouvrage parfait annonce la puissance ;
Je suis pour l'ouvrier plein de reconnaissance.
J'admire un créateur et dans son unité ,
Dans son intelligence et son éternité.

Grand Dieu ! du firmament tu formas l'étendue,
Tu marches sur les flots de la mer éperdue ,
Tu viens et tu t'en vas , et je ne puis te voir :
Me taire et adorer , tel serait mon devoir.

Je vois dessous mes pas , je vois dans la nature,
L'ordre le plus brillant , la plus belle parure ;
Chaque effet à sa cause , et les moindres moyens
Parviennent sans efforts à leur but , à leur fin;
Elle doit exister l'intelligence active,
Le Dieu qui porte en lui la vertu productive ;
Il soumet tous les corps aux lois d'attraction ,
Aux lois de mouvement , aux lois d'impulsion.

Mortels , considérez le soleil , les étoiles,
Les astres dans la nuit , sans nuages , sans voiles !...
Que vous apercevrez d'ordre et de majesté !...
Quelle preuve en faveur de la divinité !..
Un moment suspendu sur un peu de poussière,
Oseriez-vous braver l'auteur de la lumière ?
Cet être qui prend soin de conserver vos jours ,
Qui dirige vos pas , vous offre ses secours ?
Voyez au firmament ces nombreuses planètes !...
Il les créa d'un mot , ainsi que les comètes !...

AMOUR DE DIEU.

Dans mon ravissement, je me crois dans les cieux,
Je contemple à mes pieds ces astres merveilleux ;
Je ne découvre point le globe de la terre,
Il flotte inaperçu... c'est un peu de poussière !....
Il porte néanmoins la vie à l'infini :
   L'homme y reste un instant.... mon Dieu tu l'as béni.
Ah ! quel bonheur pour moi de te voir dans ta gloire,
D'admirer ton éclat, d'adorer et de croire !....
Affranchi de tout mal pendant l'éternité !...
De chanter à jamais ton nom, ton équité !,..
De voir autour de moi cette troupe des anges,
Des dominations et de tous les archanges !

AMOUR DU PROCHAIN.

   Il existe en mon cœur, je trouve écrit en moi,
Je l'apporte en naissant cette suprême loi :
» Veux-tu de ton prochain gagner la bienfaisance ?
» Au besoin prête-lui le secours, l'assistance. »
Quelle société peut tenir sans vertu ?....
Devant nos tribunaux le vice est abattu ;
La bonne foi nous plaît au sein de l'hyménée,
Pour un commerce pur la confiance est née.
L'enfant doit obéir sans peine à ses parens ;
Du prince et de la loi nous sommes dépendans.
Heureuse famille où chacun serait juste !...
Que j'estime en mon cœur cette assemblée auguste !...
Sans frayeur voyons-nous le faible chagriné ?,..
Par l'homme criminel l'innocent condamné ?...
Otez du cœur humain, ravissez à la terre,
D'un Dieu présent partout, l'espoir si salutaire :
Qu'il ne soit plus connu ce rémunérateur,

Ce Dieu bon et clément , ressource du malheur :
La vertu n'est plus rien ; je ne vois plus que crimes,
Les justes des méchants deviendront des victimes.

    L'existence a pour moi de la réalité;
Je me meus et j'agis selon ma volonté.
Rangés autour de moi d'autres être existent.
Suis-je leur créature ? je les vois... ils subsistent...
Est-ce moi qui fournit la lumière à mes yeux ?
Quelle main dessina la parure des cieux ?
Me serai-je donné , moi-même , l'existence,
L'imagination , le goût, l'intelligence ?
Non , mon corps , mon esprit , toutes mes facultés,
D'un Dieu qui conduit tout attestent les bontés ;
Sur mon front est empreint le sceau de la justice,
Et la terre et les cieux m'attestent son office.

CHANT DEUXIÈME.

*Dans ce chant, je passe en revue les beautés de l'uni-
vers et les phénomènes de la nature; je traite des
corps simples et des corps composés ; de la lumière,
du Feu, de l'Électricité, de l'Oxigène , des Oxides,
des Acides, de l'Eau, de l'Azote, du Carbone, du
Phosphore, du Soufre, des Minéraux, des Terres,
des Végétaux, des Animaux, de l'Air, des Astres.*

LUMIÈRE.

Quel fluide brillant vient peindre les objets ,
Tracer dans notre esprit, la couleur des sujets ?....
Frapper de ses rayons l'âme la moins sensible,
Dont l'absence est cruelle , alarmante et pénible ?

Que ce corps est subtil !... quelle ténuité !...
Que sa vitesse est grande et quelle agilité !...
La lumière est son nom... Ce corps est réflexible,
Toujours en mouvement et toujours réfrangible ;
Par la réflexion variant les couleurs,
Par ses rayons divers elle change les fleurs.

FEU.

Le feu, fluide, agent de la nature entière,
Cet être incoercible est-il de la lumière ?
Inaltérable, actif, il porte la chaleur,
Il anime les corps, il soutient leur vigueur :
Il sort avec éclat d'un corps hétérogène ;
On rencontre partout son principe homogène ;
Il conserve les corps, anime les vieillards,
Fait mûrir les moissons, élève les brouillards,
Libre dans son essence, il s'étend, s'amoncèle,
L'incendie est le fruit d'une faible étincelle ;
Mais un Dieu prévoyant arrête ses efforts,
Et le froid sait dompter, enchaîner ses ressorts.
Mais un corps quelque fois répand de la lumière,
Tandis que sa chaleur est nulle ou très-légère.

ELECTRICITÉ.

Cette électricité, dans ses rapports secrets,
N'est-elle pas le feu, si prompt dans ses effets ?...
Ce fluide électrique enfermé d'un nuage,
Brille, éclate et jaillit au milieu de l'orage.
Quoi !... le tonnerre gronde et la foudre en éclats
A suivi dans l'instant son horrible fracas !...
Le ciel s'en obscurcit ; la terre nébuleuse
Répand au loin dans l'air une odeur sulfureuse.
Par l'électricité ce météore est fait :

La plante et l'animal ressentent son bienfait ;
Si vous l'accumulez, soudain elle étincelle;
Si vous frottez les corps, bientôt on l'amoncèle.
Peut-être est-elle cause et de nos mouvements ,
De nos sensations et des tempéraments,
    Le feu, toujours actif, anime la nature,
Il lui donne ses fruits, ses fleurs et sa parure ;
Il pénètre les corps, se combine avec eux,
Il meut tout l'univers, il existe en tous lieux ;
Qui pourrait calculer et sa force attractive ,
Et son explosion et sa force expansive ?...
Il procure à la plante une agréable odeur ;
Le pain reçoit de lui son goût et sa saveur ;
Il parfume du vin la liqueur délectable ,
Procure à la viande un fumet admirable ;
Le feu désunit l'eau par sa mobilité,
Et divise les corps par sa subtilité ;
Il rompt dans un instant leur parfaite adhérence ;
Dilate avec fracas la plus ferme substance;
Toujours en action, toujours en mouvement,
Il étincelle, il part, produit l'embrâsement ;
Mais son affinité réprime son audace ,
En s'unissant au corps qui le rend plus tenace ;
Et par le frottement il prend sa liberté,
Il s'élance au dehors avec activité ;
Il détruit, il engendre, il produit, il consume ,
Il est dans le marais, il est dans le bitume.

CORPS SIMPLES.

    En silence écoutons les chimistes parler ;
Sur les quatre élémens pourquoi se disputer ?
Des corps simples, dit-on, composent la nature,
Peut-on appercevoir leur fine contexture ?

CORPS COMPOSÉS.

C'est leur réunion ou leur affinité
Qui fait voir à nos yeux tant de diversité.

OXIGÈNE.

Démêlerai-je ici les jeux de l'oxygène ?
S'il me fuit un instant, je respire avec peine ;
Mais s'il m'abandonnait, une soudaine mort
Viendrait pour terminer mon infortuné sort.
Il brûle, en se fixant, chaque corps combustible ;
Il exerce partout son ascendant terrible ;
Tantôt il agit sans flamme et sans ardeur ,
Tantôt il fait sentir sa mordante chaleur ;
Toujours à mes dépens, il entretient ma vie ;
Il me détruit, m'anime : il part, je le convie ;
Il excite et soutient le mouvement des corps,
La germination lui doit tout ses ressorts.
S'il combine avec lui lumière et calorique ,
Il forme l'air vital si pur et si caustique.
Plongez dans ce mélange un charbon allumé ,
Il brille, avec éclat, est bientôt consumé.
Par cet agent actif, le métal réfractaire
Se fond en un instant, cède à cet adversaire.
Si Dieu, par sa bonté, n'enchaînait ses efforts,
Des organes de l'Etre il romprait les accords ;
Et cet habile agent qui plaît et fortifie
Peut nous donner la mort par un excès de vie ;
Sous la forme de gaz, fondu dans la chaleur,
De la force vitale il est l'excitateur ;

OXIDES.

Selon qu'il est uni il forme des *oxides*.

ACIDES.

Par son essence il est générateur d'*acides*.

AZOTE.

Mais Dieu dans la nature avait tout combiné,
De la source du mal souvent le bien est né ;
L'oxigène est partout tempéré par l'*azote*
Dont la masse dans l'air et prédomine et flotte.
L'azote agissant seul tuerait les animaux,
Arrêterait le jeu du sang et des vaisseaux ;
Il éteint sur le champ chaque corps qui s'enflamme,
La putréfaction de son sein seul émane ;
Mais, en le combinant, il flatte les poumons,
Leur fournit au besoin, l'air que nous respirons ;
Cet air sert à former cet acide nitrique,
Qui brûle l'animal et le corps métallique.
Vous trouvez fort souvent, dans son constitutif,
Un utile remède, un poison corrosif.
En ne consultant point les règles de chimie,
Médecin, tu taris les sources de la vie !
L'oxigène et l'azote unis, mêlés entr'eux,
Soudain vous formerez de l'*acide nitreux*.

EAU.

O ! mélange étonnant, l'onde et de l'*oxigène*
Qui sert à la former, combiné d'*hydrogène* :
Ce gaz est treize fois plus léger que notre air ;
Il s'emflamme aisément brille comme l'éclair.
Ainsi le voyageur en parcourant sa route,
Sur l'onde voit du feu que souvent il redoute.
Cette flamme éblouit se nomme *feu-follet*,

Et ce gaz si léger l'hydrogène le fait.
Vois ce physicien traverser l'atmosphère !
L'hydrogène suspend sa nacelle légère.
Voyez ce météore élevé dans les cieux !
C'est l'hydrogène seul qui le rend lumineux ;
Et dans cette atmosphère où le nuage flotte,
Je trouve un réservoir d'oxigène et d'azote.
Par ses propriétés utiles aux animaux,
L'hydrogène devient utile aux végétaux.

CARBONE.

Le *carbone*, à son tour, abonde sur la terre,
Il est dans l'animal, dans la mine et le verre.
Quelquefois son éclat en fait un diamant ;
Il brille sur le trône, il en fait l'ornement ;
Il est de la beauté la plus belle parure ;
Il brille dans son col, brille dans sa coiffure.
Il nous donne souvent ce précieux charbon
Qui garantit nos corps de la froide saison.
Il ne conserve point long-temps son colorique,
Il peut former le gaz *acide carbonique*.

PHOSPHORE.

Le *phosphore* est tiré, soit du corps animal,
Il en forme les os, soit du corps minéral ;
Si vous le tirez pur, il brille il nous éclaire.
En l'exposant tout seul à l'air de l'atmosphère,
Il s'enflamme soudain ; brûlant avec lenteur,
Il offre à nos regards une douce lueur ;
Et selon les degrés de la température,
Il est un faible acide. une acidité pure.

SOUFRE.

Le soufre était connu de toute antiquité ;

Il s'offre à nos regards avec variété.
Sur le bord des volcans, dans le sein de la terre,
Il s'attache au métal, dans la plante il s'insère.

MINÉRAL.

Vous, métaux précieux, qui causez nos soucis,
Vous variez sans fin et de nom et de prix ;
Je veux ici parler des diverses espèces,
Viens m'aider, ô Deyeux ! à tenir mes promesses.
Quel est ce corps fossile appelé minéral ?
Il n'a rien de commun avec le végétal ;
Près du noyau formé, chaque autre particule
S'amasse, en arrivant bientôt se coagule.
Ainsi le minéral par son attraction
Et s'augmente et s'accroît par aggrégation.
L'argent se trouve ainsi dans le sein de la terre.
Par le temps, s'accroît l'or, et le souffre et la pierre.
Les gouffres des volcans renferment des métaux,
Le sol sert de matrice à tous les minéraux.
La nature a bien peu de métaux homogènes.
Ils sont tous alliés aux corps hétérogènes ;
Ils deviennent par fois de nuisibles poisons,
Par les constituans de leurs combinaisons.

TERRE.

La terre en tous les temps nous fut très-favorable ;
Elle sait nous offrir l'utile et l'agréable ;
Elle flatte nos sens par d'élégantes fleurs,
Nous offre de ses fruits le goût et les saveurs.
Pourrions-nous calculer ses plantes, ses richesses,
Ses fertiles moissons, ses immenses largesses ?
Les différents métaux renfermés dans son sein,
Les pierres, les rubis, l'or, l'argent et l'étain ?....

Comme nos corps mortels, la terre a plusieurs veines ;
Elle a de clairs ruisseaux, des fleurs, des fontaines ;
Cette eau se répandant dans les champs, dans les prés,
Anime et rafraîchit les arbres altérés,
Fertilise le sol, prépare la semence ;
Promet au laboureur une ample récompense.
Ici, de grands étangs sont remplis de poissons ;
Là, j'aperçois des puits creusés dans les vallons ;
Dieu qui veille sans fin sur les besoins des hommes,
Nous amène de l'eau dans les lieux où nous sommes.
L'ordre de l'univers, sa beauté, sa grandeur,
M'offriraient, malgré moi, l'Être médiateur.
  Que vois-je ?..... un végétal, matière organisée,
Qui vit, qui naît d'un germe ;... il vit... mais sans pensée.
L'intus-susception fait son accroissement :
Ce corps si merveilleux n'a point de sentiment.
Le suc élaboré dans le sein de la plante,
Offre un germe à nos yeux qui vit, la représente ;
On aperçoit bientôt des feuilles et des fleurs ;
Nous aimons à goûter de leurs fruits les saveurs.
Alors le blé produit son germe hors de la terre,
La tulippe charmante embellit le parterre.
La semence en ce lieu pousse des arbrisseaux ;
Mais ailleurs la bouture élance ses rameaux.
L'œillet, par ses couleurs, émaille la nature ;
La rose des jardins est toujours la parure.

VÉGÉTAUX.

Quel plaisir je ressens !... quelle suave odeur !...
Quel charme se déploie autour de cette fleur !...
Quel goût ! quelle beauté ! quel choix ! quelle richesse !...
Dans ce léger pistil, quelle délicatesse !...
Quels objets parfumés ! quel riche coloris !...

Tout ici me transporte et mon cœur est épris.
A plaisir je ressens une odeur balsamique ;
Ailleurs, je suis ravi par la grande angélique.
Les nymphes, en passant, convoitent ces couleurs,
Pour parer leurs appas de tant d'objets flatteurs.
J'aperçois ce calice et sa belle corolle,
Les stigmates où naîtra là graine bénévolle.
Ainsi le végétal et paraît et périt,
La famille renaît, revient de ses débris.
En ornant la nature, ô fleur délicieuse !
Tu fournis aux mortels la farine pâteuse.
Donne leur, tous les jours, ton grain si nourissant,
Que nos sens soient flattés par ton fruit succulent !

ANIMAL RAISONNABLE.

Quelle diversité dans l'espèce vivante,
Entre l'homme qui pense et l'espèce rampante !...
On trouve cependant dans tous les animaux,
Les mêmes composés, mêmes matériaux,

ANIMAL IRRAISONNABLE.

Dans l'être où la raison a placé sa lumière
Tout paraît inconnu, tout nous semble mystère ;
On n'a point expliqué sa transpiration,
Ce qui fait l'hématose et la nutrition.
Dans les tempéraments combien de différences ?
Dans chaque maladie où sont les ressemblances ?.,.
Si je n'accepte point la foi pour mon fanal,
Pour moi, l'homme est obscur au physique, au moral.

ASTRES.

Quittons, pour un instant les merveilles terrestres
Et portons nos regards vers les voûtes célestes.

Voyant se succéder et les nuits et les jours ,
Des temps et des saisons on partagea le cours ;
On sema, recueillit aux époques fixées.
La lune, par son cours, divisa les années.
Pour cultiver les champs on fixa les saisons
Quand il faut de Cérès recueillir tous les dons.
Et les physiciens consultent les étoiles ,
Sur leurs divers aspects ils étendent leurs voiles.

Newton ! guide mon zèle et conduit mon pinceau,
De l'univers entier , offre-moi le tableau !...
Que de beautés, d'éclat, dans la voûte azurée !
Qui pourra calculer sa grandeur, sa durée ?...
En voyant tous les jours ces merveilleux flambeaux,
Devons-nous les trouver moins brillans et moins beaux ?...
Passez, en contemplant, une nuit printannière ,
Que d'astres radieux vous lancent leur lumière !......
Si nous apercevions, pour la première fois ,
Le ciel qui fait son cours par d'immuables lois ,
Etonnés et surpris de cet amas d'étoiles,
De l'aspect du soleil, de toutes ces merveilles ,
De l'émail de nos prés, du coloris des fleurs ,
Admirant des oiseaux les concerts enchanteurs,
Pourrions-nous ignorer la puissance infinie
Que la terre révère et que le ciel publie ?....

AIR.

Que dirai-je de l'air, qui se loge partout,
Dans les pores des corps, qui stimule le goût.
L'air de son poids immense environne la terre,
Suit tous ses mouvements, forme son atmosphère;
Il s'élève autour d'elle à certaines hauteurs,
Nous disperse les sons et soutient les vapeurs;

Il anime nos corps, il flatte, il vivifie;
Mais, malheur aux mortels dès qu'il se raréfie !....
L'air est de la nature un des premiers agents,
Il se trouve en tous lieux par ses effets puissants.
C'est un corps invisible, inodore, insipide,
Elastique et pesant, et cependant fluide;
Tantôt il est logé dans les pores des corps,
Tantôt il s'y combine, augmente leurs ressorts,
Il conserve, il produit les minéraux, les plantes,
Et l'animal ressent ses vertus bienfaisantes;
La chaleur le dilate, augmente son ressort,
Le froid le condensant réprime son effort.

ÉTOILES.

Mais, qui peut calculer la hauteur des étoiles,
Si la nuit d'un beau jour a déployé ses voiles?...
Pourquoi les voyons-nous disparaître à nos yeux,
Puis montrer de nouveau leurs rayons lumineux?..
Pour parer l'univers Dieu les a-t-il formées?
Est-ce pour éclairer les voûtes éthérées?
Je ne ne chercherai point, comme un jeune indiscret,
A dérober à Dieu ce qu'il garde en secret.
Quant Dieu se fait connaître à l'ombre du mystère,
Etonné, je me tais; soumis, je le revère.
Comment puis-je nombrer tant de corps si brillants?
De qui reçoivent-ils leurs feux étincellants?
Laplace méconnaît leur nombre et leur office;
Le marin, sans secours, réclame leur service.
Dieu seul pourrait compter ces astres si nombreux,
Leur imposer des noms, les placer dans les cieux.

SOLEIL.

Astre brillant du jour qui sans cesse féconde
Cet immense univers, le ciel, la terre et l'onde,
De tout ce qui subsiste, âme et conservateur,
Dis-moi qui t'a fourni ton feu réparateur ?....
L'aurore aux doigts de rose annonce ta présence ;
Le crêpe de la nuit fait sentir ton absence ;
D'Iris la belle écharpe élance tes rayons.
Aux cœurs reconnaissants tu donnes des leçons.
Le flambeau du soleil, en parcourant le monde,
Disperse ses bienfaits sur la terre et sur l'onde.
Pour mûrir nos moissons, pour notre utilité,
S'élévant, s'abaissant, il amène l'été.
De jour, cet œil du monde éclaire un hémisphère ;
De nuit, il porte ailleurs son ardente lumière,
Il produit, dans son cours, des biens à l'infini,
Il comble de ses dons, et chacun le bénit.
Redoutable géant, il commence sa course,
Il s'avance, à grands pas, il est notre ressource.
Ses chevaux écumants précipitent son char,
Ils volent dans les airs sans le moindre retard.
Epouse du soleil, l'aurore matinale,
Lui fait quitter soudain sa couche nuptiale.
  Qui pourrait se lasser d'admirer le soleil ?..
Il apporte en tous lieux la chaleur et l'éveil ;
Il fournit la lumière à toutes les planètes,
Il mûrit nos moissons, empêche les disettes.
S'il se couche, il m'attriste, et j'aime son lever,
Je cours dans mon jardin pour pouvoir l'observer.
Il détruit, il engendre, il dessèche, il fait naître,
Il produit les parfums, il colore, il fait croître,

Il élève dans l'air l'eau réduite en vapeurs,
Pour arroser partout les vallons, les hauteurs;
De là viennent les fruits et les gras pâturages,
Le pain, le vin, la chair et les forêts sauvages.
A l'hiver rigoureux succède avec bonté
L'agréable printemps, et l'automne et l'été.
Cet ordre successif nous marque les journées,
Nous mesure les temps, les nuits et les années;
Il nous offre à chacun ses bienfaits paternels,
Se retire ou paraît pour le bien des mortels;
Dans sa course admirable, il sème les richesses,
Et répand, en tous lieux, ses immenses largesses;
Les poissons dans les mers vivent par sa chaleur,
Il anime la bête, il féconde la fleur.

AUTOMNE.

L'automne nous fournit le doux jus de la treille
Qui réjouit le cœur, l'anime et le réveille.
On recueille des fruits; on laboure des champs
Humectés par les eaux qui tombent dans ces temps.
La racine des blés pénètre dans la terre;

HIVER.

En hiver où le froid l'arrête et la resserre,

PRINTEMPS.

L'aimable et doux printemps, sur l'aile des zéphyrs
Favorise nos vœux, seconde nos désirs.
La gaîté des troupeaux, l'émail de la prairie
Offrent à la nature une nouvelle vie.
Mais bientôt le printemps élève les tuyaux,
Développe les fruits, gonfle les chalumeaux.

ÉTÉ.

De l'été bienfaisant la chaleur nourrissante,
Otant l'humidité, sert à mûrir la plante.
Que de beautés, d'éclat je vois au firmament !...
Que d'astres radieux y sont en mouvement !...

CHANT TROISIÈME.

Dans ce chant, je décris l'homme physique, moral et méthaphysique, comme le chef-d'œuvre de la créature.

L'HOMME.

Oui, du pouvoir de Dieu le plus parfait ouvrage,
C'est l'homme intelligent, son souffle, son image;
Cet être réfléchi, fait pour tout comparer,
Possédant la raison, capable d'admirer.
J'aperçois des effets; j'en ignore les causes,
J'adore, en admirant, l'auteur de toutes choses.
Dans la taille de l'homme, ah! quelle majesté!..
Quelle proportion et quelle dignité!..
J'admire avec plaisir sa physionomie
Et tous les sens exquis dont sa tête est garnie.
Quels charmes, quels attraits dans ses parfaits contours,
Dans sa noble démarche et dans tous ses discours!..
Voyez cette couleur éclatante et vermeille,
Les roses et les lys dont son teint étincelle;
Ses sourcils peints en arc, et ce nez aquilain,
Ses yeux, à fleur de tête, son air doux et serein;
Ses lèvres de corail, cette bouche agréable,

La blancheur de ses dents d'une beauté durable !

AME.

Mais du plus merveilleux , j'ignore les ressorts,
De l'intime union et de l'ame et du corps.
Je sens et je me meus, et j'existe et je pense :
Un Dieu bon me donna ma fragile existence.
Je vois autour de moi des êtres contingens ,
Ils sont tous passagers , sont formés dans le temps .

AME SPIRITUELLE.

Notre âme qui produit l'intelligence pure ,
Aux corps matériels doit-elle sa nature ?
Le Créateur, lui seul, par un coup de pinceau,
A décoré le corps d'un si parfait tableau.
De quelle attention, de quelle déférence
Devrions-nous payer cette munificence !

AME IMMORTELLE.

Mortels, écoutez-moi : prêtez l'attention ;
Je vais vous définir ce que fait la raison.
Je veux chanter ici la substance immortelle
Qui commence, il est vrai, pour rester éternelle.
Faite pour animer, régler le corps humain,
Qui discerne, avec goût, la vérité, le bien,
C'est toi , religion , catholique, chrétienne,
Qui conserve à jamais cette doctrine ancienne ! ....
Jamais tu n'as formé de doute à cet égard ;
Dieu fait tout dans le monde, et non pas le hasard;
Chrétiens, pénétrez-vous de ce dogme immuable;
Dans les desseins d'un Dieu tout paraît adorable ,
Pour tout le genre humain ce dogme est constant ,

Du pauvre il fait l'espoir, il flatte le puissant.

Le corps entraîne-t-il la perte de notre âme ?
C'est un rayon divin qui m'anime et m'enflamme ;
Pour détruire un principe, il faut qu'on l'ait placé ;
L'esprit ne peut périr, il n'est point composé.
Non, rien ne se détruit : les corps dans la nature
Périssent, pour former une union plus pure.
L'être immatériel, l'âme, soufle divin,
Ne mériterait pas un plus noble destin ?...

Je désire sans cesse une gloire durable,
Un bonheur permanent, un bien plus délectable.
L'Evangile promet cette félicité
Qui doit être le prix de l'humble piété.
Vous récompenserez, ô mon Dieu, la souffrance ;
Le juste malheureux attend sa récompense,

Libre dans ses desseins, dans son raisonnement,
L'âme, soufle immortel, conduit l'entendement,
Porte la volonté vers le juste et l'honnête,
Du paradis un jour nous promet la conquête.
Je sens ma liberté pour le bien, pour le mal ;
Ma conscience juge et ce juge est loyal.

Toutes les nations ont cru l'âme immortelle,
Dieu même l'a promis, il nous sera fidèle.
Ce dogme consolant nous porte à la vertu,
Soutient, dans ses revers, le malheur abattu,
Allarme le méchant effrayé de ses crimes ;
Il commande au pervers d'épargner ses victimes ;
Il console, encourage, anime le mortel
Avide de jouir d'un bonheur éternel.
Ce dogme excite au bien, met le prix aux souffrances,
Il nous laisse l'espoir d'avoir les récompenses.

Le néant, je le sais, plairait aux scélérats,

Ils tombent sous un Dieu vengeur des attentats,
Mais le juste aperçoit l'océan de lumière,
Il veut y retourner à son heure dernière.
Dans sa vie il brava toutes les passions ;
Dieu doit récompenser l'ardeur des oraisons.
Adorons donc ce Dieu, créateur de notre âme,
Et par ce seul penser que notre être s'enflamme.

    L'espoir d'une autre vie, où le bonheur est pur,
Est, pour nous consoler, le moyen le plus sûr.
Cet espoir nous engage au plus grand sacrifice;
Dieu qui nous l'a promis le doit à sa justice
Nos infinis désirs pour la félicité,
Pour survivre à la mort et pour l'éternité,
La crainte des méchans pour la peine future,
Pour tout ce qui périt l'horreur de la nature ;
Tout sert à nous prouver que l'homme est immortel
Que ce qui sent en nous est immatériel;
Toutes les nations ont la même pensée ;
Cette sainte doctrine est partout professée.
C'est là le diamant qui décore un chrétien,
Qui porte ses soupirs vers l'auteur de tout bien.
Tel le flambeau du jour anime l'atmosphère,
Telle une âme immortelle à l'homme est nécessaire.

CHANT QUATRIÈME.

Dans ce chant, je donne le détail des principales
religions qui se partagent le monde, pour faire
ressortir la supériorité de la religion chrétienne.

    Je l'adore ce Dieu, puissant et sans égaux;
Unique souverain : il n'a point de rivaux.

DÉISTE.

.... Qu'entends-je à mon réveil? l'inconséquent déiste !
Il dit : « qu'il est un Dieu, seul, éternel légiste;
» Le vice et la vertu devant lui sont égaux. »
Plus de moralité... ses sentimens sont beaux !..
Sur la terre je vois arborer l'injustice,
Le mensonge effrayant, la honte, l'artifice.
Ainsi, plus de remords pour tant de scélérats :
Sans crainte, on peut tenter les plus noirs attentats;
Pour tromper le prochain, la volupté, l'usure,
Les horribles sermens s'allieront au parjure.
... Un second me commande et d'adorer un Dieu,
Et de le révérer, en tout temps, en tout lieu;
Il laisse à la vertu l'espoir de récompense,
Décharge le méchant du poids de la souffrance;
Il ne reconnaît pas d'autre religion,
Rejette, avec dédain, la révélation.
   Cependant, il peut voir notre justice humaine
Soudain distribuer à l'offense la peine.
O! mortels sur la terre un moment suspendus,
En silence, écoutez : vous serez confondus !....
Quoi, ce Dieu prévoyant, ce Dieu, sagesse même,
Voilerait pour lui seul la justice qu'il aime ?..
Quoi !.. ce Dieu, créateur, infini, tout puissant,
Au vice, à la vertu serait indifférent ?...
L'auteur de l'univers, du ciel, de la nature,
Serait sans prévoyance envers sa créature ?...
Ce penser fait horreur, fait frémir un chrétien,
Autorise le mal et détourne du bien.
Le mortel qui publie une telle morale
A-t-il un esprit sain, une âme libérale ?
Serait-il bienfaisant ? est-il un bon époux ?..

Est-il humble, modeste ? est-il chaste, est-il doux ?

Pense-t-il assurer le bonheur des familles,

Troublant, par ses discours, les hameaux et les villes ?...

    L'univers à genoux revère son auteur,

Avec tout l'univers, j'adore un créateur.

Je me meus et j'agis ; j'ai besoin d'assistance ;

D'un Dieu, mon protecteur, je vois la providence.

    Religion chrétienne, éclaire ma raison

Pour te considérer avec attention.

Aux Juifs comme aux gentils, l'auteur de la nature

T'offre-t-il aujourd'hui comme une loi très-pure ?

Viens-tu déraciner le culte des faux dieux ?

Ah ! propage au plus tôt ta morale en tous lieux.

Tu parais, et soudain se taisent les oracles ;

Tu confirmes la foi par détonnants miracles ;

Ton culte est merveilleux, tes préceptes sont saints,

Ta morale est utile, et tes dogmes divins.

    A la religion première et naturelle,

Dieu doit substituer ma croyance éternelle :

Oui, je dois à mon Dieu la tendresse et l'amour,

Et je dois obéir sans peine et sans retour.

J'interroge mon cœur, j'y trouve pour maxime :

« Estime ton prochain, si tu veux qu'on t'estime. »

J'admire l'univers, je contemple le ciel ;

En extase, j'adore un principe éternel.

De mon Dieu je reçois et mon corps et mon âme ;

Pourrais-je contenir cet amour qui m'enflamme ?

J'aime mon Créateur ; devant sa majesté,

Soumis, respectueux, j'offre ma piété.

Un fils sage et prudent respecte un tendre père,

Il publie, en tous lieux, qu'il l'aime et le revère.

    On offre à Dieu partout un culte extérieur,

Partout de ce vrai Dieu soyez l'adorateur !...

Un service est l'objet de ma délicatesse,
O mon Dieu ! j'oublirais votre sainte promesse !...
Cette croyance en Dieu maintient la bonne foi,
Réprime l'avarice, est le sceau de la loi;
Elle nous porte au bien, conseille l'harmonie,
Assure le bonheur, même après cette vie.

Mais on vient arborer l'étendard de la croix
Au milieu d'un empire où rampent tant de rois.
Orgueilleux, taisez-vous : disparaissez, faux sages ;
Détruisez tous vos dieux et leurs vains étalages !...
Ce seul Dieu des chrétiens est seul fort et grand,
Maître de l'univers et le seul tout-puissant.
Jésus-Christ a paru ; sa religion sainte
De sa divinité porte la noble empreinte ;
Sans appui, sans secours, au milieu des dangers,
La vérité détruit les cultes mensongers.
La bonté, la douceur, la vertu, la justice,
M'annoncent le pouvoir d'un Dieu qui m'est propice.
Il voit tout d'un coup d'œil, chérit tous ses enfants,
Et sans distinction des pauvres, des puissants.

Alors de l'équité les lois sont conservées,
La décence, les mœurs sont partout observées;

APOTRE.

Les apôtres, soudain, sans lettres, sans pouvoir,
Rangent tous les mortels sous le joug du devoir;
Prouvent leur mission, triomphent des obstacles,
Elèvent, dans leur cœur, à Dieu des tabernacles.
Parler et convertir au nom du Tout-Puissant,
Est, pour ses envoyés, l'affaire d'un instant.

Que peut, Dieu créateur, du siècle la sagesse,
Alors qu'à te servir tout le monde s'empresse ?
Jacob et Daniel ne sont point imposteurs,

Les prophètes sacrés sont tes prédicateurs.
Nous voyons aujourd'hui l'effet des prophéties,
Les promesses du ciel en tous lieux accomplies.
    Sainte religion, quels rapides progrès !...
L'idole est terrassé, tout cède à tes succès.
Tu détruis, en passant, du siècle la sagesse,
Du peuple l'ignorance et des grands la molesse,
De Molok le pouvoir et du sage l'orgueil,
De l'empire aux abois tu redoubles le dueil.
Le zèle des martyrs atteste ta victoire,
Et l'aveu des païens vient réhausser ta gloire,
Un chrétien dévoué qui signe de son sang
Sa croyance et sa foi, m'enrôle dans son rang.
Je m'engage, sans peine, à secourir mon père,
A l'amour du prochain, à protéger mon frère.

MIRACLES.

Il s'avance ce Dieu pour tout renouveler,
Son pouvoir absolu va nous le révéler.
Jérusalem le voit, au milieu de son temple,
Maître de ses docteurs, servant partout d'exemple ;
Il commande : à sa voix, tous les maux sont guéris ;
Il ranime les morts ; chacun en est surpris.
O toi, mer ! qui le vois marcher sur ta surface,
Arrête du menteur la téméraire audace !
Aveugles-nés, voyez ; marchez, pauvres boiteux ;
Si vous êtes guéris, ce fait est merveilleux.
On désire du vin, bravant tous les obstacles,
Les noces de Cana sont témoins des miracles.
Lazare, apprends-nous donc si Jésus, dans son dueil,
Te donna la vie, en touchant le cercueil !...
Des pêcheurs déploraient leur pêche infructueuse :
Jésus soudain commande, elle est miraculeuse.

Dis-moi, sombre tombeau, qu'as-tu fait du Sauveur ?
Je t'ouvre et ne vois pas le corps du Rédempteur !..
Étant plein de pitié pour la Samaritaine,
Il pénètre son cœur et rompt soudain sa chaîne.
Pour annoncer sa mort, terre, auras-tu tremblé ?
Et toi, brillant soleil, auras-tu reculé ?..
Des apôtres tremblants marchent avec courage,
Pour offrir à Jésus leur immortel hommage.
Sans remède, il opère aux yeux du médecin ;
Il veut : on est guéri. Tout change sous sa main !
Il dicte sa morale, il prescrit sa doctrine;
Sa doctrine surprend, sa morale est divine.

ROME.

Rome sera toujours centre de l'unité,
Là, doit se soutenir la catholicité.
Cette église romaine est seule apostolique;
Dans le dogme et la foi, sa croyance est unique.
Hélas! sans le flambeau de la religion,
Peut-être qu'indocile aux cris de la raison,
Ingrat, j'adorerais des fleurs ou des plantes,
Un animal féroce ou des brutes rampantes,
J'adorerais des dieux, protecteurs du larcin,
Du parjure effrayant, de l'infâme assassin,
Fauteurs des passions et du libertinage,
Des dieux qui font frémir un homme vraiment sage.
Pour Dieu, j'adorerais cet être lumineux
Qui nous fait ressentir la chaleur de ses feux ;
Ou le brillant flambeau qui de nuit nous éclaire,
Qui m'invite au sommeil par sa douce lumière.
J'adorerais un Mars foudroyant un rempart,
Un aveugle destin, un oignon, le hasard !.....
Notre religion rend l'homme plus honnête,

Elle apprend à choisir entre l'homme et la bête.

Je dois la révérer le matin et le soir ;
Je veux, à chaque instant, lui rendre mon devoir ;
Cette religion, chrétienne, apostolique,
Est seule préférable, est seule catholique ;
Sur notre créateur elle a son fondement,
Ses rapides succès, son établissement.
Divine en son essence et dans son origine,
Dans ses disciples saints, dans sa pure doctrine,
Elle prêche aux mortels la douceur, la bonté,
Le mutuel pardon, l'utile charité ;
Divine par son Christ, l'éclat de ses miracles
Qui se sont opérés malgré tous les obstacles.

Vous, symboles puissants, soyez mes défenseurs ;
Et vous, Juifs obstinés, soyez observateurs.
Avez-vous confiance aux discours des prophètes
Et de nombreux martyres sacrifiant leurs têtes ?
Cette religion, la honte des païens,
Devait les convertir, en faire des chrétiens ;
Les apôtres zélés prêchent au Capitole,
Et soudain on abat de Jupiter l'idole.

CHANT CINQUIÈME.

*Dans ce chant, je développe la bonté ou la malice des
actes humains.*

Répondez à ma voix, cieux, si bien espacés,
Et vous, terre, si belle, écoutez : prononcez !...
Quel être vous soutient, vous donne l'existence ?
Ressentez-vous l'effet de cette providence ?
Serait-ce le hasard ? est-ce un esprit divin

Qui meut et qui nourrit le faible genre humain ?...
Et l'insecte qui rampe et l'homme qui raisonne,
Vivent-ils au hasard, sans Dieu qui tout ordonne ?..
Ingrat! la Providence, en prenant soin de toi,
T'invite à t'abaisser, à trembler sous sa loi;
Ces chefs-d'œuvres si beaux où brille l'élégance,
Nous annoncent assez d'un Dieu la providence.
Où sont tous tes amis, où sont tous tes flateurs?
En vain écoutais-tu leurs propos suborneurs;
Les vois-tu partager tes malheurs et ta place?
Non. Leur cœur est d'airain; toujours il fut de glace.
Ce bas monde est rempli de souplesse et d'égards
Qui captivent le cœur, fascinent les regards.
On s'agite, on s'avance, on tombe dans le vice;
Sous des pas imprudents, s'ouvre le précipice.
Il me semble entrevoir des verres colorés
Qui montrent les objets toujours dénaturés.
Le politique adroit saisit la circonstance,
Et parvient à ses fins par sa rare prudence;
Il souhaite obtenir de l'élévation,
Répandre, sans danger, sa réputation.

Ici, cet intrigant, pour obtenir des places,
Cache tous ses desseins, se donne plusieurs places.
Le railleur porte en lui de la malignité,
Un visage impudent, de l'incivilité.
Le satyrique altier d'échire, dans sa rage,
Les noms les plus fameux et l'homme le plus sage.
Nous sommes nés mortels pour la société;
De régler sa conduite on sent l'utilité.
Toujours une fleur plaît, si sa couleur est vive;
La vertu se soutient par une vie active.
O! paresseux, dis-moi, remplis-tu le devoir
D'ami, de citoyen et selon ton pouvoir?

L'amitié lie ensemble et l'époux et l'épouse ;
C'est un flambeau divin, elle n'est point jalouse.
Quoi de plus séduisant qu'un accueil amical,
La colonne et l'appui de l'ordre social ?
C'est le sel de la vie; elle est l'âme du monde ;
Heureux, si dans le cœur du chrétien elle abonde !....
Mais helas ! où trouver cette douce amitié
Qui chérit le prochain, du pauvre prend pitié ?
Qui partage avec nous nos plaisirs et nos peines,
Qui blâme nos défauts pour en briser les chaînes ?..
Qui remplit au besoin tous les devoirs d'enfant,
Ou de père, ou d'ami, d'un chrétien bienfaisant ?
On ne peut rencontrer ce cygne au noir plumage ;
On nous trompe souvent en nous rendant hommage.
Remplissons les devoirs de la fidélité,
De la reconnaissance et de la charité.

L'un quitte son pays pour parcourir le monde ;
L'autre passe ses jours dans une vie immonde.
L'un convoite la guerre, aspire à la grandeur,
L'autre évite le bruit : un rien lui fait frayeur.
L'un élève à grands frais un palais magnifique,
L'autre, plus clair-voyant, traite de politique.
Ces mortels sont jaloux de la félicité,
D'un travail assidu, c'est une indemnité.

D'un effronté trompeur, l'un devient la victime ;
L'autre courbe le front sous le joug qui l'opprime.
Ici, je vois ce grand parmi des séducteurs,
A ses pieds j'aperçois des flots d'adorateurs ;
On vante son crédit, son rang et ses largesses,
Ces atômes trompeurs encensent ses richesses.
Là, je vois le pouvoir de cet impie heureux
Qui brave le courroux de la terre et des cieux ;
Autour de lui, chacun redoute sa présence ;

On l'oublie :... il succombe ; il n'a plus de puissance,
La cendre de son corps, la pâture des vers,
Disparaît, n'est plus rien, au sein de l'univers....

    Que servent au bonheur les siences, les lettres,
Les instruments divers, les fourneaux et les mètres;
Les riches, les oisifs, en font leurs agréments,
Parfois on les acquiert à force de tourments.
Que l'on fasse tourner le soleil ou la terre,
Je vois le monde en proie à la mort, à la guerre.
Le chimiste profond, par ses divers travaux,
Semble avoir découvert des mondes tout nouveaux.
Mais avons-nous gagné le seul bonheur durable,
Le bonheur souverain, qui seul est véritable?
Avons-nous réfléchi quel est le créateur?
Pourquoi nous sommes nés? quel est le vrai bonheur?
La science divine est seule nécessaire,
Elle conduit ou ciel, seule, elle nous éclaire.

    Tu lis au firmament, philosophe orgueilleux,
Et tu ne sondes point l'enfer et tous ses feux !...
Ici bas dissipé par les jeux, les visites,
Tu cherches tes plaisirs, passions favorites.
Mais doutes-tu, mortel, de ton éternité ?
L'abîme est entr'ouvert !... recule !... épouvanté !
Oserais-tu braver de ton Dieu la puissance,
Rejeter ton salut? quelle est ton imprudence!...
La licence des mœurs peut obscurcir la foi,
Il faut, il en est temps, se soummettre à la loi.

    Avoir une âme égale, une candeur durable,
Voilà le vrai bonheur, le bien inaltérable,
Envain, par les plaisirs, les sens sont satisfaits,
Pour les raffinements ils montrent des attraits.
Sans la religion, la vertu, la sagesse,
Peut-on se croire heureux?... on desire sans cesse.

La vertu sait porter nos désirs vers le ciel,
Elle admire, elle veut le vrai bien éternel.
Heureux le serviteur du père de famille
Qui cultive son champ pour le rendre fertile!...
Qui ne soupçonne pas mal dans le prochain,
Qui travaille pour Dieu, pour opérer le bien!...
Le bonheur est en nous le vœu de la nature,
Qui conserve les jours de chaque créature.

　Nous désirons le bien, en nous en éloignant;
Il n'est pas ici bas, de Dieu seul il descend.
Nous recherchons le bien, nous l'aimons sans mélange;
Mais nos affections nous présentent le change.
Aimer Dieu, le prochain, voilà l'avant-coureur,
Des délices du ciel, du souverain bonheur.

　O mortels! qu'êtes-vous sur la scène du monde?
Un moment agités sur la terre et sur l'onde;
Votre rôle est brillant, mais roule sur le faux,
Tout y est mensonger, tout est hors de propos;
Ces princes orgueilleux, ces esprits si sublimes
Tombent ensevelis dans d'éternels abîmes.

CHANT SIXIÈME.

*Dans ce chant, j'explique nos fins dernières, je pré-
munis le Chrétien contre les dangers du péché, en
lui présentant la certitude du jugement dernier, la
crainte du purgatoire et de l'enfer, et l'espérance du
paradis, pour couronner les bonnes œuvrs.*

Sainte Religion, que vous avez d'attraits!
Votre morale est pure et vos dogmes sont vrais!...
Je subsiste par vous; pour adorer le maître

Qui commanda d'un mot, aux mondes de paraître.

« Admirez, dites-vous, ces globes lumineux
» Qui brillent jour et nuit, dans la voûte des cieux !...
» Contemplez, à loisir, cette terre féconde,
» Le nombre de poissons que pour vous nourrit l'onde,
» Ces élégants coursiers, cet oiseau si flatteur
» Qui, par son chant, délecte et réjouit le cœur ;
» Ces animaux divers qui peuplent notre globe,
» Ces plantes dont l'émail éclate dans la robe,
» Leur feuillage, leurs fleurs, et leurs fruits savoureux,
» Ces marbres, ces rubis, diamants précieux,
» Ces superbes métaux, ces perles magnifiques
» Pour lesquels vous bravez les canons électriques !...
» Voyez ces prés fleuris, ce parterre odorant,
» Ces palais enchanteurs, ce jardin ravissant,
» Les superbes forêts, la limpide fontaine
» Qui roule, en murmurant, au milieu de la plaine,
» La vigne offrant partout ses raisins empourprés,
» Et tous ces champs couverts par des épis dorés !... »
Divine Providence, économe admirable,
Pour mon culte divin, quelle preuve adorable !...

En effet, que nous dit notre Religion ?
Qu'il faut aimer la paix et l'abnégation ;
Prier Dieu comme auteur des biens, de l'existence,
Aux besoins des mortels, prêter notre assistance ;
Cultiver des enfants, les vertus et les mœurs ;
Cacher tous ses défauts à de si tendres fleurs ;
Fréquenter très-souvent la messe de paroisse ;
Dans les temps malheureux que l'espérance croisse !...

Mais quoi ! vous blasphêmez le nom de l'Eternel
Qui créa l'univers et règne dans le ciel !...
Qui promène partout l'œil de sa providence,
Dont la bonté pardonne au pécheur s'n offense ?...

Tantôt, vous enlevez le crédit du prochain,
Sa réputation, son honneur et son bien;
Tantôt vous maltraitez et couvrez d'invectives
Vos enfants innocents, vos épouses craintives.

Mais le sage rapporte à Dieu ses actions;
Il est toujours réglé dans ses affections;
Il est bon, sécourable, il est chaste, fidèle,
Sacrifie à propos sa gloire personnelle.
Vous passez les saints jours au travail de vos mains;
Souvent vous intentez des procès incertains.
Il est bien étonnant qu'un ingrat soit malade ?
Que le ciel soit d'airain; son âme le dégrade.

L'envie ouvre aux mortels le chemin de l'enfer,
De sa langue découle un poison très-amer.
Despote déloyale, envieux, sanguinaire,
Quoi! tu peux respirer l'air pur de l'atmosphère !
Toi qui rompts à plaisirs l'olivier de la paix,
Qui couvres les états de meurtres, de forfaits;
Puisse le juste ciel, pour punir tous tes crimes,
T'environner soudain de tombeaux et d'abîmes !......
Puisse-tu vivre errant, de remords affaissé,
En souffrant tous les maux à toi seul délaissé;
Puissent des vers rongeurs dévorer tes entrailles !
Puissent tous tes sujets déserter les batailles !
Puissent tous les fléaux, déchaînés contre toi,
Te punir à l'envie de ton manque de foi !
Puisse-tu, cannibal, expulsé des deux mondes,
Voguer sur l'océan à la merci des ondes !...
Que les flots en courroux, en te montrant la mort,
Te forcent à pleurer ton infortuné sort !........
Que du fond des tombeaux une voix formidable
T'annonce en frémissant ton arrêt redoutable !........
Tremble sur l'avenir, le carnage et la faim

Armeront contre toi la plus servile main.
Que les soucis cuisants, que la peur, la détresse,
A la perte acharnés te tourmentent sans cesse !....
Que ce vaste univers instruit de tes fureurs
Craigne de t'approcher couvert de tant d'horreurs !....
Que la flamme à la main Nemésis te poursuive !
Ses serpens ont sifflé !.. je la vois plus active !
Que tous les éléments, conjurés contre toi,
Nourrissent ton dépit, redoublent ton effroi !..............

Justes, ébranlez-vous.... que la trompette sonne !....
Que partout l'éclair brille, et que le canon tonne ?
Vainqueurs de ce tyran, pour seconder mes vœux,
Plongez-le pour toujours dans des torrens de feux !
Ou plutôt, Dieu puissant, vous, notre commun père,
Faites-luire à ses yeux un rayon du lumière !....
Par la grâce touché qu'il ne soit plus jaloux,
Qu'il soit un bon chrétien, un respectable époux !
Un modèle de foi, l'exemple en sa famille,
Protecteur des vertus, vengeur de l'Evangile !....

Vivons pour la douceur, la bonté, l'équité,
Pour la religion, l'aimable vérité.
Eh !.. comment éviter, infâmes impudiques,
L'enfer qui punira vos passions lubriques ?
Ne ressentez-vous point dans vos sales plaisirs
Le ver qui doit venger vos injustes désirs ?
Craignez le prompt trépas de tant d'Israélites
Qui furent foudroyés avec les Mohabites !.........
Le déluge purgea l'audace des mortels ;
Sodôme fut puni de ses feux criminels.
Un cœur modeste et pur nous rend semblable à l'ange,
L'affreuse volupté nous plonge dans la fange.
....La laine teinte en noir a perdu son brillant,
La toile devient blanche et belle en la lavant.

Un lys perd son éclat et bientôt il se fane,
Si l'imprudente main sans respect le profane.
En vain travaille-t-on pour le bonheur du ciel,
Quand on est ulcéré par le péché mortel
La fierté me déplaît, mais la bonté m'attire ;
Que l'égard mutuel exerce son empire !....
....La luxure, en un mot, endurcit notre cœur,
Abrutit la raison, cause notre malheur,
Trouble notre cerveau ; l'homme lui sacrifie
Le salut éternel, l'honneur, les biens, la vie.
Dis-moi, voluptueux, veux-tu te corriger ?
Ne prends que sobrement le boire et le manger ;
Travaille avec courage, évite la molesse :
Point de sots entretiens, point de jeux, point d'ivresse.

   Toi, jeunesse insensée, avide de plaisirs,
Observe l'équité, sois sobre en tes désirs ;
Du Roi des rois ton cœur sera le temple auguste,
En restant vertueux, chaste, modeste et juste !....

   L'impudique flétrit la fleur de son printemps ;
Ses amis et ses biens sont des fardeaux pesans ;
Le soleil à ses yeux est voilé de nuages,
L'atmosphère est chargé par de nombreux orages ;
Il commence un discours, mais il n'achève pas ;
Triste, morne, pensif, l'ennui presse ses pas :
Il consume ses jours, bouffi de rêverie ;
La paix au maintien doux de son cœur est bannie,
L'ulcère de son cœur, jamais ne peut guérir,
A moins que la vertu ne vienne l'adoucir.
L'objet aimé lui seul domine dans son âme,
Ses refus, ses faveurs, tout allume sa flamme.

   L'amour a ses appas, ainsi que ses attraits,
Alors que de deux cœurs l'hymen fait les souhaits ;
Mais par goût rechercher les amours criminelles,

C'est préférer aux cieux les peines éternelles.
Femmes, sachez unir à l'aimable bonté,
La décence, le goût, la vertu, l'équité.

Jeune beauté, fuyez cette main indécente
Qui fait à vos appas une marque outrageante!.......
Attachée au rosier, la rose en sa splendeur,
Flatte nos sens épris, sait gagner notre cœur.
Heureux est le mortel dont l'esprit droit et sage
Des instants écoulés sut faire un bon usage !...
Vous voltigez sans fin de plaisirs en plaisirs :
La molle volupté devance vos désirs.
La blancheur, l'incarnat réhaussent la figure,
Sur vos traits est empreint l'amour de la nature :
Vos lèvres de corail ornent votre beauté ;
Dans le feu de vos yeux quelle vivacité !
Ce souris enchanteur, ces grâces naturelles,
Sous des dehors prudents paraissent des merveilles ;
Cette bouche, ces yeux, qui troublent tous les cœurs,
Commandent le respect aux jeunes gens trompeurs.
Que dirai-je de plus ? la douce modestie
Vient s'allier en vous avec la bonhomie.
Mais, si vous vous rendez à la séduction,
Ces grâces, ce souris, sont pour vous un poison,
Vous êtes ce chef-d'œuvre où brille l'innocence,
L'éclat et la beauté de la toute puissance.

A l'âme sans pudeur, les remords déchirants
Font entendre leur voix parmi les ris, les chants ;
La fille sans pudeur amène sur sa tête,
Et l'opprobre et la honte, et la noir tempête ;
L'angoisse et la douleur infectent les plaisirs,
Et le cœur ulcéré ne pousse que soupirs,
Les odeurs, pour nos sens, sont artificielles,
Le fard remplace-t-il les grâces naturelles ?

Un cœur trop négligé devient sourd aux avis ,
Il est surpris bientôt par un jeune Adonis ;
Le rang , la dignité sont nuls pour Messaline ;
Le premier pas est fait : elle meurt libertine.
Le respect pour les mœurs, pour la religion ,
Seront les seuls gardiens de l'humaine raison. ,
Les femmes de nos jours , dignes de notre hommage ,
Pour nous, ne seront plus un cygne au noir plumage.
Dans la société , j'aime ces belles fleurs ,
Chacun est curieux d'obtenir leurs faveurs ;
Que l'épouse soit belle , honnête , sage et douce !...
Que l'époux attrayant, jamais ne se courrouce !..
Heureux, si vous fuyez, dans votre âpre dédain ,
La haine ou le courroux, horreurs du genre humain !
D'une femme soigneuse, admirez la sagesse,
La bonté, la douceur et la délicatesse !
Que je me plais à voir sa beauté , sa pudeur !
Que j'aime de sa voix entendre la douceur !..
En elle brilleront les grâces du génie :
Son esprit et son corps conservent l'harmonie.

JUGEMENT DERNIER.

Ce brillant hémisphère , au dernier Jugement ,
Disparaît pour toujours , tombe dans le néant.
Des peuples sans appui, la troupe consternée,
Dans un morne silence attend sa destinée.

Un ange du Seigneur vient réveiller les morts ;
Il parle !... et sur-le-champ ils reprennent leurs corps.
Dans la confusion, le Maître de la terre
Avec calme s'avance, armé de son tonnerre ;
Ce monarque éternel vient paraître à nos yeux !...
Il paraît !.. entouré d'un éclat radieux.

Les rayons qu'il répand font la gloire du sage,
Pour le méchant, ils sont d'un sinistre présage.
La foudre est à ses pieds, la justice le suit,
Rien ne peut l'attrister, rien ne le réjouit.

Devant ce Dieu si bon, l'incrédule en silence,
Attend avec effroi sa terrible sentence,
Ses Chérubins soumis se transportent dans l'air,
Sur son trône éternel, plus brillant que l'éclair.
Ses regards imposants où l'on voit sa victoire,
Lancent de tous côtés les rayons de sa gloire,
Il voit le bien, le mal, les vices, les vertus,
Peints sur les fronts baissés des mortels éperdus;
La honte, au teint livide, attachée à l'envie
Découvre à ses regards l'infâme hypocrisie.
Il ouvre le grand livre aux yeux de l'univers,
Où se trouvent tracés les biens, les maux divers;
Les Patriarches saints, les bienheureux Archanges,
Les Chrétiens, les Martyrs, le cortége des Anges,
Jettent devant leur Dieu, les roses du printemps,
Présentant, à l'envi, l'or, la myrrhe et l'encens.
Pour cacher ses forfaits, vainement le coupable
Essaiera de fuir son aspect redoutable.
O désespoir affreux!.. ce Dieu plein de bonté,
D'un coup d'œil va punir l'affreuse iniquité.

Rochers, écrasez-nous, crieront les infidèles!..
Le juste du bonheur ressent les étincelles;
Il voit tous ses désirs satisfaits dans le ciel,
Un plaisir toujours pur, un hommage éternel.
Libertin éhonté, dont la langue exécrable
Niait du Tout-Puissant l'existence adorable,
Hurlant et comprimé, sous le poids de tes fers,
La foudre de la mort t'abîme en tes enfers:
Tu blasphèmais souvent avec ta bouche atroce,

Qui poussera sans fin le cri le plus féroce !...
Devant ce Dieu vengeur tombent ces esprits forts,
D'une vertu masquée ayant tous les dehors ;
Il découvre à leurs yeux les péchés de l'enfance,
Tous les crimes commis pendant l'adolescence,
Les soucis, les projets, l'orgueil de l'âge mûr,
Même, dans la vieillesse, un cœur encore impur.
Par des dehors flatteurs, tu séduisais le monde,
Tu montrais pour le bien une haine profonde.

Voilà donc ces mortels, vains et présomptueux,
Condamnés à souffrir pour toujours dans les feux !
Dieu déroule au grand jour l'histoire de leur vie,
Leurs désirs imprudents, leur détestable envie,
Leurs perfides conseils, leur sotte vanité,
Leurs propos insolents, leur sensualité.
Ils changeaient à leur gré la face de la terre ;
Sans cesse à l'Eternel ils déclaraient la guerre ;
Tantôt, ils ébranlaient les bases de la foi ;
Ils détruisaient tantôt les forces de la loi ;
Sans respect, sans égard, sans vertu, sans décence,
Sans fin ils blasphèmaient la suprême puissance,
Heureuse la famille où ces mortels affreux,
Aux cœurs droits n'offraient point leurs discours scandaleux
Bientôt aurait failli la timide jeunesse,
Sans pouvoir éviter leur coupable hardiesse.
Consternés maintenant, poursuivis, confondus,
A leur aspect hideux, on voit qu'ils sont perdus.
» Enfer, consume nous !... achève nos souffrances !...
» Secourez-nous, démons !... pardonnez nos offenses !... »
Déjà, je vois paraître aux yeux de l'univers,
Le calme des élus, le remords des pervers,
Le superbe craintif, brûlant comme la paille,
De son crime passé souffre la représaille.

Que n'ai-je d'un prophète et la force et la foi,
Pour dérouler de Dieu les tables de la Loi !...
De ce Dieu je peindrais l'effrayante colère ;
Je peindrais aux Chrétiens son jugement sévère.
Pour toucher les esprits d'une sainte frayeur,
Dieu lui-même offrirait le poids de sa grandeur :
Au pécheur il dirait les excès de ses crimes,
Ses blasphèmes affreux, ses nombreuses victimes.
Je le vois en frisson, ce hardi débauché,
Et le ciel et la terre attestent son péché :
Il méprisait de Dieu la juste providence ;
En vain, dans l'univers il voyait sa puissance ;
Le juste, selon lui, comme le criminel,
Subiront, dans la terre, un néant éternel.
   De l'impie insensé Dieu trompe les manœuvres,
Il donne, en sa sagesse, à tous, selon leurs œuvres,
Aux mortels vertueux, pour lot le paradis,
Aux pécheurs, dans l'enfer, touts les tourments prédits ;
Il juge, avec pitié, les fautes de l'enfance ;
Du jeune libertin il déroule l'offense ;
Il rappelle au public les soins de l'âge mûr,
Et les feux indiscrets de ce vieillard impur ;
De chacun il connaît et les mœurs et l'histoire ;
Rien dans ses jugements n'échappe à sa mémoire.
Quelle confusion !.. consternés, abattus,
Superbes, dans ce jour, où seront vos vertus ?...
Où sont vos défenseurs pour plaider votre cause ?
Hélas !.. pour vous punir, nul dans ce jour ne l'ose !..
Dieu déroule au public l'histoire de vos mœurs,
Vos projets insensés, les défauts de vos cœurs,
Vos dispositions, vos secrètes envies,
Vos projets imprudents, vos basses jalousies ;
A l'impie il fait voir sa sotte impiété,

Au libertin l'excès de son impureté.

Quels regrets en voyant tant de soins inutiles,
En voyant les malheurs des pécheurs indociles!...
De l'impie usurier le honteux désespoir,
De ce riche indolent l'inutile pouvoir
A quoi vont te servir tes soins dans l'autre monde,
Insensé, qui vivais dans une paix profonde?

Que doit-il te rester de tes monceaux d'argent?...
Des planches, un cercueil, un héritier content....
Pour braver de ton Dieu l'importune puissance,
A ton crédule esprit tu faisais violence,
Tu regardais le ciel avec un ris moqueur:
Ignorant! tu voulais égaler son auteur!
Tes vœux sont superflus : l'Eternel est ton maître;
Apprends donc, malheureux, apprends à le connaître!

Mais le sage, semblable aux rayons du soleil,
Brille pendant le jour, obtient un doux sommeil;
De l'orgueil insolent il évite la honte.
La volupté paraît... il la brave et la dompte;
C'est un fidèle époux : c'est un maître indulgent,
Un magistrat intègre, un fils obéissant;
Il repousse, avec soin, l'effrayante colère;
Avec les scandaleux sa conduite est sévère;
Du prochain il respecte et les biens et l'honneur;
Du Dieu qui conduit tout il est l'adorateur,
Toujours bon, indulgent, réservé, secourable,
Toujours vrai, sans envie, ami sûr, charitable.
L'étoile de Vénus, qui brille le matin,
Flatte bien moins nos yeux que son aspect divin.
C'est un luth dont les sons toujours en harmonie,
Semblent donner au sens et la force et la vie.

PARADIS.

Est-ce un rayon divin qui veut flatter mes yeux?..
Que sa lumière est pure ! O qu'il est plein de feux !
O charmant paradis, quelle est donc la lumière
Qui soutient ton éclat, qui brille et qui t'éclaire !
Que peut-on désirer, en voyant ce soleil;
C'est l'immortel, le fort, c'est le jour sans pareil.
On voit les bienheureux, ont-ils besoin d'étoiles.
Ils chantent de concert, gloire, honneur au très-Haut!
Honneur au Saint-Esprit, gloire soit à l'Agneau!..
    Quel bonheur on ressent en voyant les Archanges.
Les Dominations et le groupe des Anges!..
Du siècle les plaisirs pour lors n'ont aucun goût,
Vous êtes, ô mon Dieu, de nos âmes l'époux !
Là, sont dans leur éclat, ces heureux Patriarches,
Ces prophètes si purs, ces Apôtres sans taches;
Ici, sont tous les rois, amis de leurs sujets,
Qui passèrent leurs jours à verser des bienfaits.
Quelle félicité de voir en assurance,
Le Tout-Puissant s'offrir dans sa propre substance!..
D'adorer avec foi la Sainte-Trinité,
De jouir dans le ciel de la félicité!..
De contempler enfin la lumière infinie,
De goûter à jamais cette charmante vie !...

FIN.

www.ingramcontent.com/pod-product-compliance
Lightning Source LLC
Chambersburg PA
CBHW061655180626
46818CB00003B/1110

9 782011 262028